BETA INQUIETA

BETA INQUIETA

COPYRIGHT © REESE WITHERSPOON, 2022
COPYRIGHT © EDITORA PLANETA DO BRASIL, 2025
COPYRIGHT DA TRADUÇÃO © VITOR MARTINS, 2025
TODOS OS DIREITOS RESERVADOS.
TÍTULO ORIGINAL: *BUSY BETTY*

PREPARAÇÃO: TAMIRIS SENE
REVISÃO: ELISA MARTINS E LAYANE ALMEIDA
DIAGRAMAÇÃO: NINE EDITORIAL
ADAPTAÇÃO DE CAPA E DE LETTERINGS: FABIO OLIVEIRA
ILUSTRAÇÕES: XINDI YAN

DADOS INTERNACIONAIS DE CATALOGAÇÃO NA PUBLICAÇÃO (CIP)
ANGÉLICA ILACQUA CRB-8/7057

WITHERSPOON, REESE
  BETA INQUIETA / REESE WITHERSPOON ; TRADUÇÃO DE VITOR MARTINS ;
ILUSTRAÇÕES DE XINDI YAN. – SÃO PAULO : PLANETA DO BRASIL, 2025.
  48 P. : IL., COLOR.

ISBN 978-85-422-3412-1
TÍTULO ORIGINAL: BUSY BETTY

1. LITERATURA INFANTOJUVENIL I. TÍTULO II. MARTINS, VITOR III. YAN, XINDI

25-1340   CDD 028.5

ÍNDICE PARA CATÁLOGO SISTEMÁTICO:
1. LITERATURA INFANTOJUVENIL

 AO ESCOLHER ESTE LIVRO, VOCÊ ESTÁ APOIANDO O
MANEJO RESPONSÁVEL DAS FLORESTAS DO MUNDO

2025
TODOS OS DIREITOS DESTA EDIÇÃO RESERVADOS À
EDITORA PLANETA DO BRASIL LTDA.
RUA BELA CINTRA, 986, 4º ANDAR – CONSOLAÇÃO
SÃO PAULO – SP – 01415-002
WWW.PLANETADELIVROS.COM.BR
FALECONOSCO@EDITORAPLANETA.COM.BR

PARA MINHA MÃE, BETTY, POR SEMPRE
ENCORAJAR MEU PENSAMENTO MÁGICO.
– R.W.

PARA PAT, RUDY E FLOYD.
OBRIGADA POR ME
DEIXAREM SUBIR NOS SEUS OMBROS.
VOCÊS SÃO MINHA INSPIRAÇÃO,
MINHA MOTIVAÇÃO E MINHA FAMÍLIA.
– X.Y.

BETA INQUIETA

Reese Witherspoon

Ilustrações
Xindi Yan

Tradução
Vitor Martins

tatu·bola

OI!

OLÁ!

OIZINHO!

SOU A BETA!

GOSTO DE **FAZER** COISAS

E **CRIAR** COISAS

E BRINCAR O DIA **INTEIRO**!

AI, MEUS BISCOITINHOS, EU AMO SER INQUIETA!

MEU IRMÃO MAIS VELHO, BRU, DIZ QUE EU SEMPRE FUI INQUIETA...

... ATÉ QUANDO EU ERA BEBÊ.

ACHO QUE JÁ NASCI INQUIETA!

— VAI COM CALMA, BETA! PARA TERMINAR, TEM QUE FOCAR — DIZ MINHA MÃE.

— ROMA NÃO FOI CONSTRUÍDA EM UM DIA, BETA INQUIETA — DIZ MEU PAI. — PISE NO FREIO!

Freio?!?!

MAS EU NÃO TENHO CARRO!

O QUE EU TENHO É O CACHORRO
MAIS FABULOSO DO UNIVERSO INTEIRO!

— NOSSA, CHICO! VOCÊ ESTÁ **FEDIDO**! POR ONDE ANDOU ROLANDO? ESTE FEDOR ESTÁ DEIXANDO MEUS OLHOS MOLHADOS E MEU NARIZ COÇANDO.

MINHA MELHOR AMIGA TOP DAS TOPS NÚMERO UM, MARI, ESTÁ CHEGANDO DAQUI A POUCO, E NÃO PODEMOS TER UM CACHORRO FEDIDO NA NOSSA BRINCADEIRA.

— CHEGA DE FICAR QUIETA, VOU TE DAR UM BANHO!

QUANDO VOU AO PET SHOP COM A MINHA MÃE, VEJO TODOS OS CACHORROS TOMANDO BANHO E SENDO ESCOVADOS UM MILHÃO DE VEZES, ENTÃO SOU BASICAMENTE UMA LAVADORA DE CACHORROS PROFISSIONAL!

COMEÇANDO
DO COMEÇO,

PRECISO DE UMA BANHEIRA.

UMA PISCINA É TIPO UMA BANHEIRA AO AR LIVRE!

— BETA, NÃO DÁ PARA LAVAR UM CÃO SEM SABÃO — DIZ BRU.

ACHO QUE BRU TEM RAZÃO. BOM, EU NÃO TENHO SABÃO, MAS TENHO...

BOLHAS!!

EU AMO SOPRAR BOLHAS!

BOLHAS GRANDES, BRILHANTES E BOLHUDAS.

EU PODERIA SOPRAR UM BILHÃO DE BOLHAS POR DIA!

PERAÍ!
PARA *TERMINAR*, TENHO QUE *FOCAR*.

— EI, CHICO, SALTE PELO BAMBOLÊ, E AS BOLHAS VÃO TE DEIXAR BRILHANDO DE TÃO LIMPINHO!

AI, MEUS BISCOITINHOS BOLHUDOS,
COMO PUDE ESQUECER?

CHICO NÃO FAZ NENHUM TRUQUE
SEM GANHAR UM PETISCO!

UM PETISCO TIPO...

PIPOCA!

CHICO FAZ QUASE QUALQUER COISA POR PIPOCA. E, PENSANDO BEM, ACHO QUE ESTOU COM FOME.

— UMA PRA MIM, UMA PRA VOCÊ... DUAS PRA MIM, DUAS PRA VOCÊ...

— BETA — CHAMA MEU PAI. — A MARI ESTÁ CHEGANDO!

OPS! ESTAMOS FICANDO MAIS SUJOS A CADA MINUTO QUE PASSA.

SE NÃO DÁ PARA LIMPAR, É SÓ DISFARÇAR!

UM COLAR DE DOCINHOS PARA MIM E UMA GRAVATA-BORBOLETA PARA O CHICO.

— FIQUE PARADO, CHICO, E NÃO DERRUBE O...

– EI, CHICO, VOLTE AQUI!

AI, MEUS BISCOITINHOS QUEBRADOS, QUE BAGUNÇA EU FIZ!

MINHA MÃE VAI *VER* ESTA GRANDE BAGUNÇA E ME FAZER *LIMPAR* ESTA GRANDE BAGUNÇA, E EU NÃO VOU PODER BRINCAR POR CAUSA DESTA IMENSA, ENORME, COLOSSAL, **GRANDE BAGUNÇA**!

AI, NÃOoo!!!

A BRINCADEIRA FOI **ARRUINADA**.

A MARI VAI CHEGAR DAQUI A POUCO E VAI ACHAR ISSO TUDO...

INCRÍVEL!

— UAU, BETA, OLHA O QUE VOCÊ FEZ!

— "**UAU**" **O QUÊ**? O QUE EU *FIZ*? — PERGUNTO À MARI.

— VOCÊ FEZ UM LAVA-CÃO PARA O CHICO! E SE NÓS VENDÊSSEMOS INGRESSOS PARA LAVARMOS **TODOS** OS CÃES DO BAIRRO?

EU AMO A IDEIA DA MARI! É HORA DE ME INQUIETAR.

COM UMA PISCINA DE IDEIAS,
PODEMOS FAZER QUALQUER COISA!

NADA VAI NOS PARAR,
É HORA DE NOS MOLHAR!

JUNTAS, VAMOS ESCORREGAR PARA O SUCESSO!

— BETA! — DIZ MARI. — NÓS CRIAMOS UMA SUPER-BOLHUDA-BRILHANTE-LIMPINHA-
-ESFREGADORA-DE-CACHORROS...

EMPRESA!!

COM MEU CÉREBRO INQUIETO E O PLANO PERFEITO DA MARI, CRIAMOS UMA EMPRESA LAVA-CÃO DE VERDADE!

AI, MEUS BISCOITINHOS, NÓS CONSEGUIMOS!
SER INQUIETA É DEMAIS!

NÃO ACHA, CHICO?

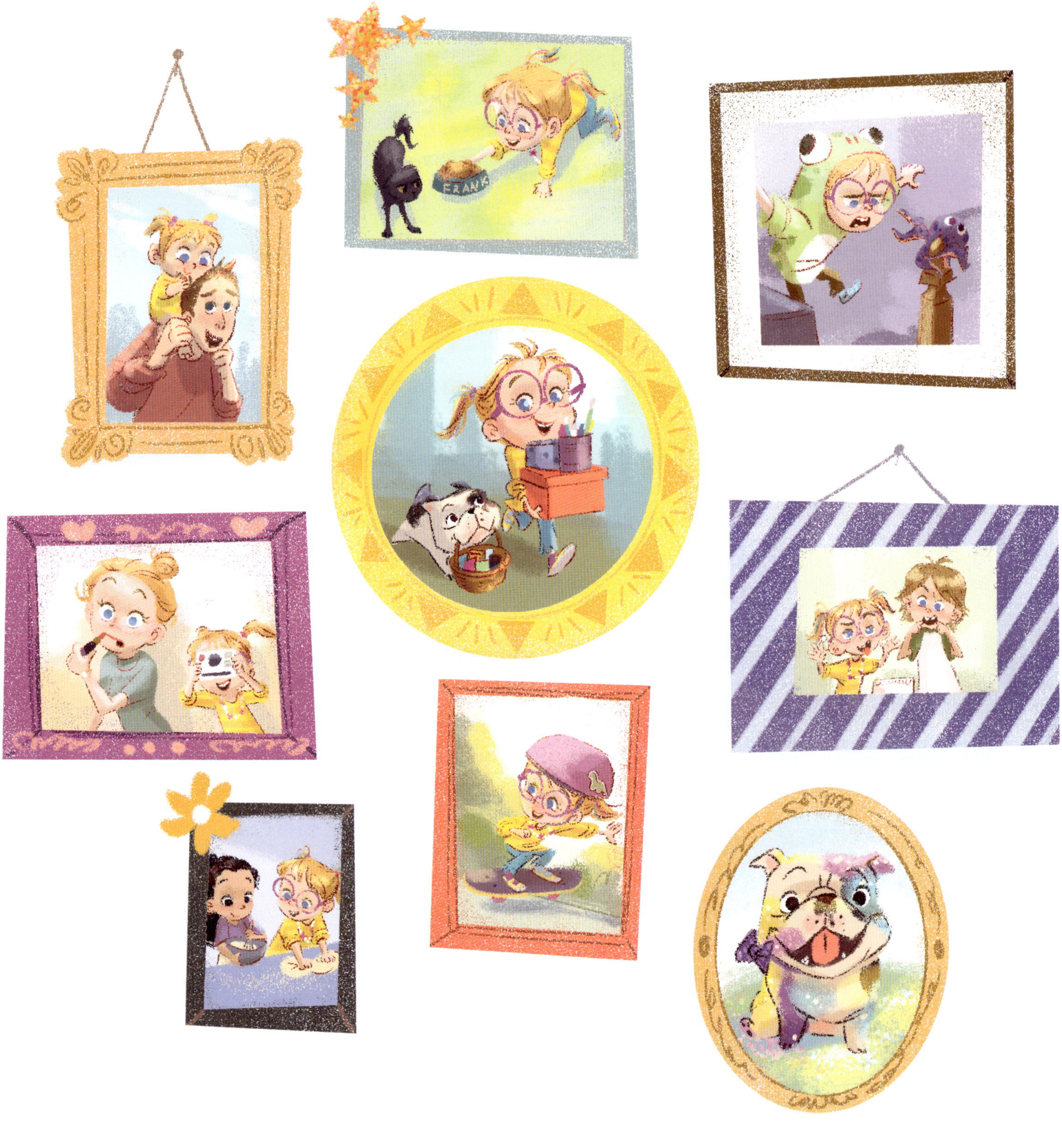
FRANK

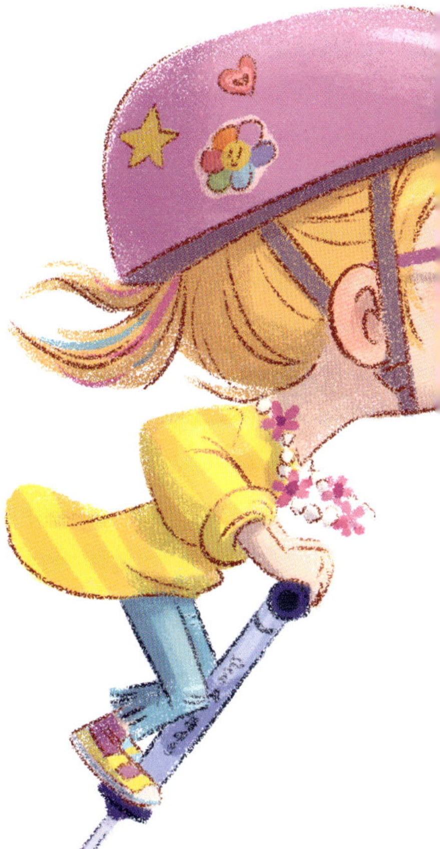

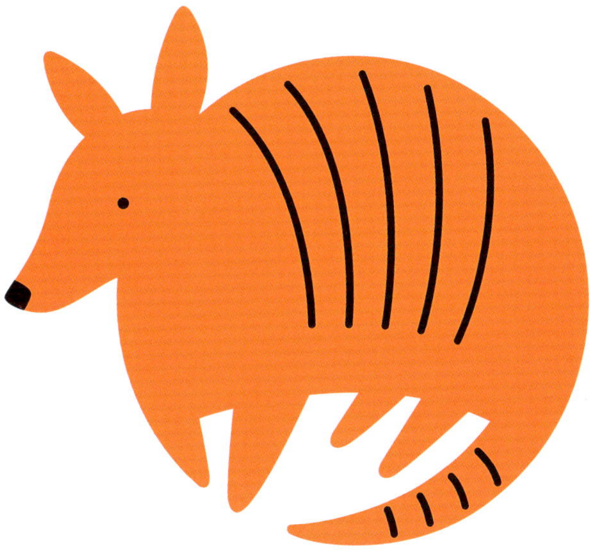

tatu·bola

Histórias são histórias em qualquer lugar do mundo. Histórias são histórias até quando são contadas com poucas palavras ou só com imagens. Mesmo com o passar dos anos e com tantos recursos tecnológicos roubando nossa atenção, histórias continuam sendo histórias.

Com essa ideia na cabeça e com os ouvidos bem atentos às tantas diversidades do Brasil, a **Editora Planeta de Livros** decide dar mais um passo em direção ao seu já consagrado slogan **"acreditamos nos livros"**: o lançamento do selo **tatu-bola**. De um jeito belo e único, e com uma concepção de infância participativa e protagonista, o selo chega para abrigar histórias destinadas a todas as infâncias.

O **tatu-bola** nasce para levar aos leitores livros repletos de **inteligência**, **acolhimento**, **diversão** e **beleza**. E tudo isso com a qualidade e o capricho da Editora Planeta.

Vem escrever essa história com a gente?

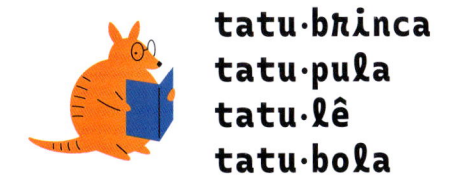

tatu·brinca
tatu·pula
tatu·lê
tatu·bola

Acreditamos nos livros

Este livro foi composto em Poppins e Tablet Gothic e impresso pela Geográfica para a Editora Planeta do Brasil em abril de 2025.